OBSERVATIONS

SUR

LE GENRE DE DRAME

APPELÉ

SATYRIQUE

PAR M. EGGER

(*Extrait de l'Annuaire de l'Association pour l'encouragement des études grecques en France.* — Année 1873.)

PARIS
TYPOGRAPHIE DE GEORGES CHAMEROT
RUE DES SAINTS-PÈRES, 19.

1873.

OBSERVATIONS

SUR

LE GENRE DE DRAME

APPELÉ

SATYRIQUE

De toutes les formes que le drame a prises sur les théâtres de la Grèce ancienne, et particulièrement sur le théâtre d'Athènes, la plus étrange est le drame que l'on nomma *satyrique*, du nom des *Satyres* ou Silènes, qui, d'ordinaire, y composaient le chœur. Depuis Casaubon (1) jusqu'à M. Welcker (2) et M. Wieseler (3), jusqu'à M. Rossignol (4) et M. Patin (5), ce singulier genre de tragi-comédie, cette

(1) De Satyrica Græcorum poesi et Romanorum Satira (Paris, 1605), surtout dans l'édition de Rambach (Halæ, 1774).

(2) Nachtrag zu der Schrift über die Aeschylische Trilogie, nebst einer Abhandlung über das Satyrspiel (1826).

(3) Das Satyrspiel nach Massgaber eines Vasenbildes (1848).— Theatergebäude und Denkmäler des Bühnenwesens, etc. (1861); dans ce dernier ouvrage voir surtout la planche VI.

(4) Dissertation sur le drame que les Grecs appelaient *satyrique* (1830).

(5) Études sur les tragiques grecs, *Euripide*, t. II, p. 272 (3ᵉ éd.). Cf. t. I, p. 210.— Otfr. Müller, dans sa belle Histoire de la littérature

« tragédie en belle humeur, παίζουσα τραγῳδία », comme l'appelle le rhéteur Démétrius (1), a été l'objet de travaux nombreux, d'études approfondies, où se marque le progrès d'une critique éclairée par des découvertes successives, par des rapprochements lumineux. Sans reprendre et traiter dans son ensemble une matière si souvent traitée, nous voudrions ici en éclairer quelques parties par des aperçus que nous suggère surtout la publication assez récente d'un renseignement fort précieux sur l'*Alceste* d'Euripide.

On a cru jusqu'à ces derniers temps que le *Cyclope* de ce poëte était le seul exemple parvenu complet jusqu'à nous du drame satyrique. Autour du *Cyclope* on groupait seulement les rares débris de quelques drames perdus parmi les *satyres* d'Euripide et des autres tragiques. Or, un court argument de l'*Alceste*, publié pour la première fois, en 1834, par M. G. Dindorf, nous apprend que cette pièce, qui se trouve ainsi la plus ancienne de celles d'Euripide dont nous connaissions la date et dont nous ayons le texte, fut représentée la 2e année de la 85e olympiade, sous l'archonte Glaucidès, et qu'elle formait la quatrième partie d'une tétralogie dont les trois premières pièces étaient les *Crétoises*, l'*Alcméon à Psophis*, le *Télèphe*. Ces trois pièces étant déjà connues incontestablement pour des tragédies, il est clair que l'*Alceste*, bien que citée elle-même plusieurs fois comme une tragédie par Aristophane (2), figurait

grecque (t. I, p. 159 et 353), néglige un peu cette partie de son sujet, mais il marque supérieurement les idées qui rattachent la tragédie elle-même au culte et aux mystères de Bacchus. Je ne crois pas nécessaire de renvoyer ici aux autres ouvrages généraux sur le drame grec comme ceux de Bode et d'Édél. du Méril. Voir pourtant, dans ce dernier, livre IV, ch. 2, le morceau intitulé : « les Dialogues bachiques. »

(1) De l'Élocution, § 159. Cf. les interprètes sur Horace, *Ars poetica*, vers 225 et suiv.

(2) *Acharniens*, vers 893 (*Alceste*, v. 367) ; — *Chevaliers*, v. 1252 (*Alceste*, v. 182) ; — *Nuées*, v. 415 (*Alceste*, v. 691) ; — *Oiseaux*, vers 1244 (*Alceste*, v. 675). Les autres pièces de cette tétralogie, le *Télèphe* surtout, sont souvent rappelées et parodiées par Aristophane.

comme drame satyrique dans la tétralogie avec laquelle, en 439, Euripide obtint le second rang et vit Sophocle obtenir le premier. Déjà, en effet, dans l'*Alceste*, comme dans l'*Oreste*, une de ses dernières productions, les critiques anciens signalaient un mélange bizarre et peu tragique de la terreur et de la gaieté (1). Ce mélange n'a plus rien qui nous étonne du moment que nous savons que l'*Alceste* avait, cette année-là, occupé la place d'un drame satyrique.

Cela nous aide aussi à comprendre comment, dans la *Vie d'Euripide* attribuée à Thomas Magister, il est dit que sur quatre-vingt-douze drames qui portaient son nom et dont soixante-quinze ou, selon une autre leçon, soixante-dix-sept seulement s'étaient conservés, on ne comptait que huit drames satyriques. D'après la composition habituelle des tétralogies, en comptant trois tragédies pour chacun des drames satyriques, ce chiffre suppose vingt-quatre tragédies, et sur ce total de quatre-vingt-douze ou au moins de soixante-quinze pièces, il en reste un bien grand nombre auxquelles aurait manqué sur la scène l'accompagnement d'un drame satyrique, si l'on n'admettait que plusieurs tétralogies d'Euripide étaient composées comme celle dont l'*Alceste* a fait partie. Ce qui est certain, c'est que dans la liste et les fragments des drames perdus de ce poëte on ne peut constater l'existence de plus de sept drames satyriques : les *Moissonneurs* et le *Sisyphe*, dont la date est connue, le *Sylée*, l'*Autolycus*, l'*Eurysthée*, le *Busiris*, le *Sciron*, auxquels s'ajoute le *Cyclope*, dont la date est inconnue. Le célèbre marbre de notre Musée national, où nous trouvons la première moitié d'une liste, par ordre alphabétique, des pièces d'Euripide, ne nous offre que quatre pièces sur trente-six, qui soient connues pour des drames satyriques : l'*Alceste*, l'*Autolycus*, le *Busiris* et l'*Eurysthée*, ce qui ne ferait qu'un drame satyrique contre huit drames purement tragiques. Parmi les trente-deux que, sur cette liste, on tient d'ordi-

(1) Voir le second des deux Arguments grecs déjà connus avant la publication de la didascalie découverte par Dindorf.

naire pour des *tragédies*, il doit donc s'en trouver plusieurs qui étaient des *satyres* (1).

Mais il nous reste à expliquer comment, dans la période la plus brillante de l'art dramatique, sur un théâtre soumis à des règlements très-précis, où le nombre des acteurs et celui des choristes étaient sévèrement déterminés, où tant de convenances religieuses et civiles dominaient toutes les libertés de l'art, un grand poëte avait pu enfreindre tant de règlements et de convenaces pour substituer une sorte de tragédie à un drame vraiment satyrique dans sa tétralogie, un chœur de vieillards thessaliens à un chœur de satyres, une touchante aventure d'amour conjugal aux légendes moitié terribles, moitié grotesques où s'étaient jusque-là renfermés les disciples de Pratinas (2), et dont le *Cyclope* nous offre un exemple si précieux pour l'histoire de la poésie dramatique.

Le spectacle tragique était né des fêtes mêmes du dieu Bacchus, il en était inséparable. Une tradition, très-conforme à l'esprit de l'hellénisme, raconte que les tragédies jouées dans les fêtes Dionysiaques furent longtemps fidèles à la religion du dieu auquel ces fêtes étaient consacrées; puis, que le génie tragique s'étant peu à peu affranchi de ces traditions gênantes pour traiter les sujets les plus divers et mettre en scène les personnages les plus étrangers au dieu du vin, le peuple s'offensa, peut-être s'ennuya d'une liberté qui, en épurant le drame, lui ôtait du même coup une partie de son charme populaire. « Il n'y a rien ici pour Dionysos (3), » dit-on alors (ce qui passa en proverbe), et, pour répondre à ce reproche, on eut l'idée d'ajouter régu-

(1) Notons, d'ailleurs, en passant, que cette liste ne contient pas l'*Alcmène* attribuée à Euripide par de nombreux témoignages.

(2) Je renvoie une fois pour toutes, sur le détail des sujets satyriques, d'abord aux ouvrages cités dans les premières notes de ce mémoire, puis à l'utile recueil de Friebel : Græcorum satyrographorum fragmenta (Berlin, 1837).

(3) Τί ταῦτα πρὸς Διόνυσον ; d'où l'adjectif ἀπροσδιόνυσος, pour « hors de propos ». V. Schneider *Attisches Theaterwesen*, note 10.

lièrement à chaque trilogie tragique une petite pièce spécialement composée en vue de satisfaire le goût du peuple pour des plaisirs moins délicats. Le chœur, formé des compagnons ordinaires de Bacchus, y exécutait des danses vives jusqu'à l'indécence et qu'un nom particulier (*sikinnis*) distinguait de la danse noble et grave (*emmelia*) des chœurs tragiques. Les personnages principaux étaient le plus souvent des monstres légendaires, Busiris, Sciron, Polyphème; c'était fort souvent Hercule, dont la figure a, dans la légende, deux aspects très-divers : l'aspect sérieux, héroïque, divin, quand il se montre à nous comme l'adversaire et le dompteur des monstres sanguinaires, comme le vengeur de l'humanité opprimée; l'aspect plaisant et ridicule, lorsqu'il apparaît lui-même comme un héros ivrogne, vorace et brutal. Sous cette dernière forme Hercule semble moins un demi-dieu qu'un grandiose personnage de comédie (1). Le drame alors pouvait impunément le traîner sur la scène et le livrer, lui et les impudiques suivants de Bacchus, à la dérision d'une foule enivrée par les plaisirs du vin.

Enlever au drame satyrique le caractère qui le distinguait si nettement de la tragédie, c'était donc une véritable infraction aux règles du théâtre, un défi aux passions du peuple le plus jaloux qui fût au monde de ses amusements grossiers ou délicats.

Comment Aristophane, l'impitoyable censeur d'Euripide, ne lui en a-t-il pas fait reproche, notamment à propos de l'*Alceste*, qu'il a plusieurs fois citée? Comment, dans la belle scène d'une de ses comédies (2), où il met Eschyle aux

(1) M. Emm. des Essarts a soutenu récemment, devant la Faculté des lettres de Paris, une thèse intéressante intitulée : Du Type d'Hercule dans la littérature grecque depuis ses origines jusqu'au siècle des Antonins.

(2) *Les Grenouilles*, vers 794 et suivants. Pour les exemples qui suivent je puis simplement renvoyer aux collections des fragments des comiques grecs par Meineke et Bothe, collections où les tables alphabétiques permettent de vérifier sans peine les titres des ouvrages cités dans cette partie de mon mémoire.

prises avec Euripide devant le tribunal de Dionysos, ne songe-t-il pas à lui faire un crime de cette offense au dieu même des fêtes Dionysiaques?

Diverses raisons peuvent nous expliquer cette contradiction apparente.

D'abord, la comédie, tardivement introduite sur le théâtre attique, y avait pris depuis longtemps une importance considérable, et il faut avouer que ses licences de tout genre avaient de quoi satisfaire largement au goût des Athéniens pour la fantaisie grotesque. Aristophane se vantait d'avoir épuré la comédie (1), et pourtant nous savons ce qu'il lui laisse encore de ses sales gaietés. Au lendemain d'une représentation des *Fêtes de Cérès*, de l'*Assemblée des femmes* ou de *Lysistrata*, on cherche ce que pouvaient désirer les amateurs du gros sel attique et des bouffonneries indécentes. Leurs demi-dieux, Hercule au premier rang, leurs dieux même et entre autres Bacchus, n'y étaient-ils pas assez souvent, assez rudement bafoués? Trois poëtes de l'ancienne comédie, Cratinus, Ecphantide et Phrynichus, avaient intitulé Σάτυροι des pièces où ces personnages formaient sans doute le chœur, et, en tout cas, devaient jouer un rôle important. Il en était de même des six ou sept comédies, presque toutes de la même période, auxquelles Dionysos ou Bacchus donnait son nom, et probablement des trois comédies d'Archippus, de Philyllius, de Nicocharès, portant le titre d'*Hercule*. Il semble que tout cela dispensait bien les Eschyle, les Sophocle et les Euripide de faire place aux parodies bachiques sur la scène tragique, et qu'ils durent être souvent tentés d'éluder la loi qui leur imposait de présenter au concours un drame satyrique après les trois tragédies.

Déjà dans le *Cyclope* l'intention d'un poëte moraliste se laisse bien sentir. Euripide y met sur la scène l'aventure d'Ulysse chez le géant Polyphème, aventure jadis décrite d'une façon demi-plaisante dans l'*Odyssée* d'Homère, et

(1) Voir la parabase des *Nuées*.

qui a pour morale le triomphe de la faiblesse habile sur la force et la méchanceté. Ulysse armé de la ruse pour échapper lui-même au Cyclope et pour venger la mort de ses compagnons que le monstre a dévorés, c'est un épisode de la lutte éternelle qui, sous tant de formes, se renouvelle sans cesse dans le monde, la lutte de l'intelligence contre la force brutale. Le vieux Silène et ses fils, avec leur amour du vin et leur lâcheté, ne font que mieux ressortir le contraste des deux principaux personnages.

Mais une autre fable satyrique d'Euripide met mieux en lumière cette intention morale : c'est le *Sylée,* dont il nous reste une courte analyse et quelques fragments.

Hercule, en punition de l'on ne sait plus quelle faute, est condamné à servir comme esclave auprès d'un vigneron. A peine attaché à son ouvrage, il déracine les plants à coup de hoyau ; il les emporte sur son dos à la maison du maître. Là il se fait cuire de grands pains, sacrifie le plus gros des bœufs qu'il trouve dans l'étable, et le mange ; puis, il enfonce le cellier, tire le vin du meilleur tonneau, arrache les portes pour s'en faire une table où il boit et mange en chantant ; il se moque de l'intendant, à qui il ordonne de lui apporter des fruits et des gâteaux, et enfin il détourne un fleuve dans l'étable qu'il inonde, apparemment pour laver les souillures de sa burlesque escapade.

Assurément voilà, en apparence, une histoire mieux faite pour défrayer la verve d'un Cratinus ou d'un Aristophane que celle d'Euripide. Elle va pourtant nous rappeler le plus terrible et le plus pathétique des drames d'Eschyle, le *Prométhée.* C'est là en effet que Philon le juif, dans un livre « sur le libre arbitre », cherchait ses meilleurs exemples pour montrer l'indomptable force de la liberté humaine.

Hermès, chargé sans doute d'exécuter les arrêts des dieux contre le fils d'Alcmène, dénonçait à Hercule l'ordre de se laisser vendre comme esclave. Le héros lui répondait :

« Brûle, rôtis mes chairs, gorge-toi des flots de mon « sang noir. Les astres descendront du ciel et la terre y

« montera avant que tu obtiennes de moi une parole de « flatterie. »

Prométhée dit-il mieux, dit-il plus à ce même Hermès dans la scène finale de la tragédie d'Eschyle?

« Et maintenant, continue le philosophe juif, cet honnête homme (car Hercule est ici pour lui le type de l'honnête homme), même acheté comme esclave, il n'a pas l'air d'un serviteur, il frappe de respect ceux qui le regardent n'étant pas seulement libre, mais bien près de devenir le maître de celui qui vient de l'acheter. Comme on demande à Hermès si c'est un méchant esclave :

« Point du tout, répond-il, mais au contraire, il a l'air « noble et sans bassesse; il n'a pas l'embonpoint d'un « esclave ; brillant à voir, sous ses habits, il manie le bâton « avec aisance. »

Sylée ne tarda pas à s'en apercevoir : « On n'aime point « à acheter pour domestique des gens qui valent mieux que « leur maître. Or, à te voir, chacun tremble; car tu as l'œil « plein de feu comme le taureau qui fait face à l'assaut du « lion. » Puis : « J'accuse ton silence. On dirait que tu ne « veux pas obéir, mais donner des ordres plutôt qu'en « recevoir. »

Il n'y paraît que trop aux travaux d'un nouveau genre qu'accomplit bientôt l'héroïsme du faux esclave. Philon, qui avait sous les yeux le drame aujourd'hui perdu, nous y signale encore la scène étrange où Sylée, apprenant tout ce désordre, veut réprimer les dédains de son serviteur, et où celui-ci, sans changer de couleur et d'attitude, lui dit avec audace :

« Allons, prends un siége et buvons; tu verras bien vite à l'œuvre ce que je suis et si tu vaux mieux que moi. »

« Est-ce bien là, dit encore le philosophe juif, est-ce bien là un esclave ou un dominateur de son maître? » Et, en effet, Platon n'aurait pas mieux saisi la profonde moralité du drame d'Euripide, et il aurait pu s'en servir pour l'éloquent discours qu'il prête à Calliclès, l'adversaire de l'égalité démocratique, dans le *Gorgias*. Un trait même de ce hautain plaidoyer en faveur des supériorités naturelles rappelle mot pour mot les paroles de Sylée, en présence de son esclave tout prêt à se changer en un maître impérieux (1). L'Hercule d'Euripide est mieux encore : c'est, comme l'indique nettement un vers conservé par Stobée, le grand redresseur des torts, « le héros juste pour les justes, mais aux méchants le plus mortel ennemi qui soit au monde ». Passant du grotesque au sérieux, sa figure a pris une vive expression de grandeur morale.

Mais comment pouvait paraître un chœur de satyres dans le plan du *Sylée?* On ne l'y suppose guère plus facilement que dans l'*Alceste*, où il est remplacé par de graves personnages, par des vieillards. Je suis persuadé que là comme dans maint autre drame satyrique, les satyres ont cédé la place à des personnages tout humains. Il eût été trop difficile de les mettre en rapport avec le fond de l'action développée par le poëte (2). Ce changement se rattache à un remarquable progrès de l'hellénisme, progrès parallèle dans les œuvres poétiques et dans les arts du dessin, qui n'a peut-être pas échappé aux critiques, mais qui, jusqu'à ce jour, n'a pas assez attiré leur attention.

Qu'est-ce, pour les Grecs, que le *satyre* et le *silène*, ce demi-dieu que les Romains ont connu sous le nom de *faune?* La statuaire et la peinture céramique, la peinture murale d'Herculamum et de Pompéi, nous l'apprennent par un grand nombre de représentations qui s'accordent avec les témoignages et les descriptions des poëtes.

Dans l'infinie liberté, dans l'aimable variété de ses formes, le polythéisme grec nous offre non-seulement l'expression

(1) Gorgias, c. 39, p. 484 A. B : « Mais si quelque homme paraissait vraiment né pour cela, il s'échapperait secouant et brisant bien vite ces entraves, foulant aux pieds nos textes écrits, nos enchantements et nos sortiléges, nos lois contraires à la nature, *et se dresserait en maître, lui tout à l'heure notre esclave.* »

(2) Je suis heureux de me trouver d'accord sur ce sujet avec un savant et ingénieux antiquaire, Ch. Lenormant : *Cur Plato Aristophanem in Convivium induxerit* (Parisiis, 1838), p. 14-16.

des forces de la nature extérieure, mais aussi celle des vices et des vertus de l'âme, de ses penchants les plus contraires, de sa faiblesse comme de son héroïsme. L'homme primitif, l'homme sauvage, avec ses besoins sensuels, ses appétits gloutons, ses instincts méchants, est une des conceptions les plus familières à l'imagination hellénique, et l'art s'est plu à la reproduire de mille façons diverses. Comme à chaque trait de notre figure morale, surtout à chacun de nos vices, répond d'ordinaire quelque trait analogue chez les animaux qui nous entourent (1), il a saisi vivement ces analogies, et il en a tiré diverses images où l'homme se montre plus ou moins confondu avec la bête. Tantôt il le présente avec des jambes et des pieds de bouc, avec la poitrine et le dos velus, avec une queue, des cornes au front, des oreilles pointues, le crâne déprimé, la bouche grimaçante, l'œil animé par un regard lascif et bestial; tantôt il l'humanise en lui laissant des pieds d'homme, en redressant le front, en supprimant les cornes et le poil; mais le plus souvent alors il lui laisse, dans sa nudité, le principal signe de sa bestialité grossière : au milieu des scènes les plus gracieuses, quelquefois les plus graves, le satyre est ithyphallique. Faut-il voir dans ces conceptions naïves de l'imagination populaire et dans les types savamment variés d'après elles par l'art hellénique quelques souvenirs d'une humanité antérieure, sur le sol grec, aux invasions de la race aryenne? Un savant anthropologiste, M. de Quatrefages, n'est pas éloigné de le croire. Parmi les figures reproduites par la peinture et la statuaire grecques, il n'hésite pas à reconnaître deux classes distinctes : d'abord celle qui répond au type noble et pur que nous appelons caucasique, puis une autre qui se rapporterait au type *brachycéphale*, et à laquelle appartiendrait l'expressive et célèbre laideur de Socrate. Socrate lui-même (2), on le

(1) Observation déjà consignée, avec beaucoup de finesse, par Aristote dans son *Histoire des Animaux*, VII, 1.

(2) Rapport sur les progrès de l'Anthropologie en France, p. 483; Revue scientifique, 1871, p. 776.

sait, ne repoussait pas cette ressemblance avec les satyres. Platon en plaisante agréablement, dans le *Banquet* (1), sans la moindre offense pour la personne de son vénéré maître, et il se plaît à faire ressortir de cet exemple un contraste piquant entre la laideur du visage et la beauté morale du caractère. Peut-être serait-il imprudent d'accepter dès aujourd'hui comme un fait acquis à l'histoire des races humaines la conclusion qu'un savoir ingénieux tire de ces analogies ; mais on avouera qu'elle est bien séduisante.

Quoi qu'il en soit à cet égard, conçu comme le père nourricier ou comme le compagnon de Dionysos, du dieu des vendanges, le satyre ou silène est naturellement ami du vin ; s'enivrer, c'est pour lui un plaisir et presque un devoir : il rend ainsi hommage au dieu qui importa la vigne en Grèce et qui réserve (on le voit dans la tragique histoire de Penthée) de cruelles vengeances aux ennemis de son culte et de ses mystères. Il est donc l'acteur obligé dans ces processions bachiques, ou *comoi*, qui ont donné leur nom à la *comédie*, « chant du *comos* » (2). On l'y voit souvent armé tantôt du thyrse, tantôt de la double flûte, ou bien de la syringe, et, en ce dernier cas, il se personnifie surtout dans le musicien Marsyas, imprudent et malheureux rival d'Apollon,

(1) Banquet, c. 37, p. 221, 222, où l'on remarque aussi l'expression σατυρικὸν δρᾶμα καὶ σειληνικόν, qui prouve bien que les Grecs considèrent, en général, le satyre et le silène comme un seul et même personnage. La note du scholiaste sur ce passage mérite également d'être consultée.

(2) L'autre étymologie (*come*, bourg), quoique appuyée sur un témoignage d'Aristote (*Poétique*, c. 3), est vraiment insoutenable, surtout depuis qu'on a pu observer sur des peintures céramiques le personnage féminin κωμῳδία figurant dans une procession bachique ou κῶμος. Voir Lenormant et de Witte, *Élite des monuments céramographiques*, t. I, planche XLI. A κωμῳδία répond naturellement, par sa composition, τραγῳδία, « chant du bouc » ou des satyres moitié boucs, premiers chanteurs du dithyrambe, d'où est sorti le drame tragique. Un de ces satyres porte l'inscription Διθύραμβος sur un vase dont le dessin a été plusieurs fois reproduit, entre autres dans les *Denkmäler der alten Kunst* de Wieseler, II, n. 485.

qui le punit par un supplice cruel d'avoir osé lutter contre lui. Plus étroitement rapproché du bouc ou de la chèvre par la forme de la tête, par deux cornes recourbées et par la forme de ses pieds, il est le dieu Pan, habitant des forêts, des vergers et des jardins, qu'il protége et qu'il anime par sa présence et par la musique de sa flûte (1). Petit et trapu, avec un gros ventre, il est le *silène;* avec la queue de cheval, la barbe abondante et plate, un visage plus humain, mais d'une expression peu intelligente, il est le *papposilène* (2).

Comme il a ses divers degrés dans la série animale et dans la famille des dieux secondaires, si je peux m'exprimer ainsi, le satyre a ses âges divers : l'art le saisit dès l'enfance et le suit jusqu'à la vieillesse. Tout enfant, il ne peut guère lui donner qu'une passion, celle du vin, mais déjà il l'exprime d'une façon charmante : « La plus belle « figure d'enfant, dit Winckelmann, que l'antiquité nous ait « léguée, quoique un peu fruste, est un petit satyre d'en- « viron un an, de grandeur naturelle, et conservé à la « villa Albani. C'est un bas-relief, mais d'un saillant si « marqué, que presque toute la figure est de ronde-bosse. « Cet enfant, couronné de lierre, boit, probablement d'une « outre qui manque, avec tant d'avidité et de volupté, que « les prunelles de ses yeux sont tout à fait tournées en « haut et qu'on ne voit qu'une trace du point de l'œil (3). » Adolescent, le satyre devient musicien; il reçoit des leçons de musique : c'est dans l'attitude du joueur de flûte *au repos* que le peintre Protogène avait représenté son célèbre satyre ἀναπαυόμενος, imité, dit-on, par les sculpteurs, et dont nous avons peut-être une imitation en marbre dans notre Musée

(1) Ainsi le poëte comique Araros l'avait représenté musicien dès sa naissance (fragment dans Athénée, IV, p. 175).

(2) Voir Pollux, *Onomasticon*, IV, 142, et les interprètes sur ce passage. Cf. Casaubon, livre cité p. 103, éd. Rambach, et Wieseler, *Denkmäler der alten Kunst*, II, n. 518 et suiv.

(3) *Histoire de l'Art*, IV, 6, p. 254 de la trad. fr., in-4.

du Louvre (1). La musique appelle la danse, et les danses de satyres sont comme un des lieux communs de la peinture et de la sculpture antiques. Le jeune satyre aime aussi la chasse, et on nous le montre accompagné du chien ou de quelque autre animal chasseur. Il n'oublie pas pour cela son goût pour le jus de la treille : on le voit souvent tenir à la main une grappe dont il exprime la liqueur dans un vase, ou portant une outre pleine de vin. Le satyre *ascophore* était un des chefs-d'œuvre de Praxitèle (2). Mais la danse, la musique et le vin ne suffisent pas à sa pétulante jeunesse. Il s'émancipe et il prend goût à d'autres plaisirs. Les nymphes, les bacchantes, qu'il convie dans les bois, sur la montagne, à ses chœurs et à ses danses, éveillent en lui des convoitises que l'art exprime avec une insouciante crudité. Comme ses autres passions, celle-ci survit en lui au déclin de l'âge ; vieux et chenu, il se plaît encore aux gaietés d'une danse lascive : c'est à cet âge que l'avait reproduit Praxitèle dans la statue décrite ainsi par un poëte de l'Anthologie Palatine (3), et qui sans doute, comme le tableau de Protogène, eut beaucoup d'imitateurs :

« Grâce à ton art, Praxitèle, la pierre même voudrait « bondir. Détache-moi d'ici (de ma base), et je sauterai « comme autrefois. Ce n'est pas la vieillesse qui chez nous « est impuissante ; c'est le marbre jaloux qui entrave les « jeux des vieux satyres. »

Une seule vertu (si c'en est une) rachète les vices du satyre et du silène : il est paresseux, ivrogne, débauché, lâche même à l'occasion ; mais il l'est naïvement. La naïveté domine toutes les légendes où la poésie grecque l'a mis en scène : il y représente comme une enfance de l'humanité

(1) Fröhner : Musée du Louvre, Notice de la sculpture antique, n. 250 et suivants.

(2) A Rome seulement, Winckelman (*Histoire de l'Art*, IV, 2) signalait déjà plus de trente statues antiques dont on supposait que l'original était le satyre de ce célèbre maître. Cf. Anthologie Palatine, IX, 262 et 756.

(3) IX, 756, épigramme d'Æmilianus.

où tout serait ignorance, curiosité, concupiscence (selon le mot de la théologie et de la morale chrétiennes). La naïveté épurée, ennoblie souvent par une grâce idéale, caractérise les chefs-d'œuvre que l'antiquité nous a légués encore si nombreux en ce genre. Pour nous borner aux richesses de notre Musée national, les deux jeunes faunes joueurs de flûte, où l'on croit reconnaître des imitations de Praxitèle, le torse de satyre récemment sorti des fouilles du mont Palatin, le célèbre faune chasseur de la même collection, le *panisque* arrachant une épine du pied d'un satyre, le joli bas-relief où l'on voit des satyres forgerons dans l'atelier de Vulcain (1), sont des modèles de cette grâce demi-sérieuse, demi-comique, qu'a si bien décrite Winckelmann (2), et qui fait le charme des connaisseurs.

Or ces modèles, j'ai failli dire ces enfants chéris de la peinture et de la statuaire antiques, ils sont aussi les premiers acteurs dans le *dithyrambe* dramatique, d'où sont successivement sortis la tragédie et le drame satyrique (3). Les premiers chœurs *tragiques* (leur nom même ne permet guère d'en douter) étaient composés de serviteurs de Bac-

(1) Fröhner, livre cité, n. 109. L'auteur croit que ce bas-relief est du seizième siècle ; mais de bons connaisseurs assurent que c'est bien une œuvre antique. M. Fröhner n'a pas remarqué que deux épigrammes de l'Anthologie de Planude (15 et 15 bis) mentionnent des satyres *forgerons*. L'épigramme 15 montre même le satyre aidant à forger des armes pour Achille, comme il paraît faire dans le bas-relief du Louvre. Il est remarquable aussi que le *Cédalion*, drame satyrique de Sophocle, avait pour héros principal un personnage de ce nom, qui, suivant la fable, avait enseigné l'art du forgeron à Héphæstos.

(2) *Histoire de l'Art*, IV, 6 : « La grâce à laquelle j'ai donné le nom de comique est rendue... par un sourire de gaieté qui fait tirer les angles de la bouche en haut. Dans toutes les figures où cette gaieté est marquée par de pareils traits on voit toujours la physionomie caractérisée par un profil commun et aplati ou par un nez enfoncé dans le visage... Voilà pourquoi, dans Platon, *Epicharis* est synonyme de *Simos* (*Pol.*, V, p. 422) — et ailleurs de *Silenos.* »

(3) Voir plus haut, p. 13, note 2, et Schneider, livre cité, notes 4, 11 et 15.

chus, à moitié déguisés en boucs, pour célébrer par des *dithyrambes* les expéditions glorieuses et les aventures bizarres de ce dieu. L'art des premiers poëtes dramatiques tient de très-près à celui des peintres et des sculpteurs de satyres et de silènes. Quand Winckelmann, sur la foi d'un passage, mal compris par lui, de Pausanias (1), prenait pour des sculpteurs Aristias et son fils Pratinas, les premiers auteurs de drames satyriques, il se trompait sans doute; mais, à un point de vue plus élevé dans l'histoire de l'art, il n'était pas si loin de la vérité que d'abord on pourrait le croire. Artistes et poëtes s'exerçaient alors sur le même fonds d'idées populaires; ils lui empruntaient des types souvent grossiers, que leur talent savait habilement embellir sans les rendre méconnaissables. Le satyre qui dans un drame d'Eschyle se traînait par terre pour éviter les coups d'Hercule (2), les silènes qui, chez Euripide, sont les passifs et peureux auxiliaires d'Ulysse dans ses vengeances contre le Cyclope, les petits silènes qui, dans la même pièce, dégustent avec tant de joie le bon vin apporté par le héros grec; cet autre satyre qui, chez Eschyle, apercevant pour la première fois la flamme apportée du ciel par Prométhée, l'admire, s'en approche, veut embrasser un si bel objet et s'y brûle les mains; ce personnage, satyrique sans doute, qui, dans l'*Œnée* de Chérémon, décrivait si complaisamment un groupe de nymphes demi-nues, ne sont-ce pas autant de figures où l'on reconnaît, sans même qu'il soit besoin pour cela de subtiles conjectures, les sujets familiers aux Praxitèle, aux Protogène, à ces nombreux et obscurs artistes dont la main s'est jouée avec une fécondité, avec une délicatesse merveilleuse sur tant d'œuvres de la céramique ancienne?

Or, à travers les riches produits de ces actives écoles,

(1) *Histoire de l'Art*, IV, 2, p. 52. Cf. Pausanias, II, 13, § 6 : Τούτῳ τῷ Ἀριστίᾳ καὶ Πρατίνᾳ τῷ πατρὶ εἰσὶ πεποιημένοι Σάτυροι πλὴν τῶν Αἰσχύλου δοκιμώτατοι.

(2) Cf. dans Wieseler, *Denkmäler der alten Kunst*, II, n. 520, le Silène barbu, à queue de cheval, qui se traine sur le ventre : on dirait le personnage même qu'a décrit Eschyle.

une épuration progressive de l'art se fait vivement sentir, qui répond au perfectionnement des croyances morales et religieuses, aux progrès même de la conscience humaine dans la conception de ses dieux. De plus en plus l'Hellène se refuse à concevoir ses dieux sous la forme de monstres. De plus en plus il les rapproche de sa propre beauté. Il cesse de reconnaître pour immortels ou fils d'immortels des êtres qui offrent le mélange, même idéalisé jusqu'à une beauté relative, de la bête et de l'homme. Le satyre, si voisin d'abord du bouc ou du singe (car le *pappo-silène* surtout a cette grossière et triste ressemblance), se rapproche peu à peu du type de l'humanité. Le satyre, le silène, le faune, perdent un à un les attributs qui les rattachaient au type bestial : ils en gardent à peine quelque indice dans l'allongement de leurs oreilles et dans la frisure de leurs cheveux ; ce sont d'ailleurs, et par tout le reste, de beaux enfants, de beaux adolescents, des vieillards à l'expression grave et paternelle. Le faune du Musée du Louvre, qui tient en ses bras un jeune enfant, n'est plus le vieux nourricier de Dionysos, du dieu des satyres ivrognes et des bacchantes échevelées : il nous rappelle plutôt le noble instituteur d'Oreste, celui que le fils d'Agamemnon traite avec un si juste respect, dans l'*Électre* de Sophocle, ou le *pédagogue* que Créuse, une reine, dans l'*Ion* d'Euripide, entoure de pieux égards (1).

La tragédie, à son tour, la tragédie, très-intimement unie à la vie religieuse des Hellènes, devait s'associer à ce progrès. Elle avait, de bonne heure, écarté les chœurs de satyres, et s'était seulement résignée à leur voisinage dans le drame satyrique ; mais elle étend bientôt sur ce dernier genre une bienfaisante influence, et elle en transforme peu à peu l'action et les personnages jusqu'à les confondre avec l'action et les personnages tragiques. Ainsi nous comprenons que, seize ans après ses débuts sur la scène, Euripide ait pu

(1 Voir la première scène de l'*Électre*, et, dans l'*Ion*, les vers 725 et suivants.

faire représenter comme drame satyrique une pièce qui a si peu ce caractère. Les critiques anciens (1) y remarquaient, comme dans l'*Oreste*, un dénouement heureux après des vicissitudes de terreur et de pitié : cela leur semblait contraire aux règles de la vraie tragédie, et ils y voyaient quelque chose de plus conforme aux *satyres* (σατυρικώτερον). En effet, dans l'*Alceste*, le dialogue d'Apollon avec *Thanatos*, le dieu de la mort, le vulgaire égoïsme du père et de la mère d'Admète, refusant de se dévouer pour leur fils, les chants grossiers d'Hercule, attablé chez le roi de Phères (2), dont il ignore la douleur, sont autant de traits qui répugnent à la gravité tragique, et qui rappellent plutôt les jeux de la muse satyrique telle qu'on l'avait longtemps aimée : c'étaient, en effet, les dernières traces d'une différence qui tendait à s'effacer de jour en jour entre les œuvres de l'un et de l'autre genre ; c'étaient (qu'on me permette, en de telles matières, la hardiesse de cette comparaison) les oreilles pointues et les cornes du satyre *humanisé* perçant encore sous les boucles de sa chevelure. Le reste, c'est-à-dire le noble dévouement d'Alceste, ses larmes de mère et celles de ses malheureux enfants, l'héroïque résolution d'Hercule qui va disputer à la mort l'épouse du roi son hôte, la ruse touchante qu'il emploie pour ménager à ce prince les émotions d'une heureuse reconnaissance : tout cela est de la plus pure tragédie. Il est d'ailleurs bon de remarquer que par son côté comique le rôle d'Admète était devenu le sujet de deux comédies, aujourd'hui perdues, l'une d'Aristomène, l'autre de Théopompe, et que cette aventure était familière aussi aux auteurs de ces chansons de table qu'on appelait des *scolies* (3).

Jusqu'à ces dernières années, on pouvait donc bien chercher, comme l'a fait un de nos plus éminents critiques,

(1) Deuxième argument grec de l'*Alceste*.

(2) Ἄμουσ' ὑλακτῶν, dit énergiquement un serviteur de la maison, dans l'*Alceste*, vers 780.

(3) Suidas, au mot Ἀδμήτου μέλος, texte qui se trouve éclairci par Zénobius, dans la première Centurie de ses *Proverbes*, § 18.

des excuses au poëte pour avoir mêlé le rire aux larmes dans ce beau drame en faisant incliner la tragédie vers le drame satyrique (1). Aujourd'hui, le rapport de l'*Alceste* avec les tragédies d'Euripide est comme renversé : ce n'est plus, pour nous, la tragédie qui s'abaisse, mais le drame satyrique qui s'élève en se purifiant.

La même observation paraît s'appliquer à tel drame, aujourd'hui perdu, de Sophocle, dont les fragments nous révèlent le mélange, vraiment inadmissible pour nous, d'une vulgarité ou même d'une grossièreté bizarre avec les plus nobles souvenirs de la Grèce historique. L'Ἀχαιῶν σύλλογος ἢ Σύνδειπνοι de Sophocle, dont Athénée nous a conservé quelques vers d'un caractère tout comique; les *Amants d'Achille*, où le même poëte avait dénaturé l'amitié d'Achille et de Patrocle en l'entachant d'un vice étranger à la Grèce héroïque; l'*Inachus*, où il représentait Junon dans le rôle d'une prêtresse *quêtant pour les enfants d'Inachus* (2), étaient probablement des pièces satyriques, bien qu'on ne puisse dire comment y aurait figuré un chœur de satyres.

A l'égard d'Achille et de Patrocle, Eschyle avait, à ce qu'il semble, déjà pris les mêmes libertés dans ses *Myrmidons*, que pour cela on rangerait plus volontiers parmi les *satyres* que parmi les tragédies.

Gardons-nous, d'ailleurs, de croire que ce dernier genre, pour avoir été quelquefois, et de bonne heure, élevé à une dignité presque tragique, s'y soit, pour cela, toujours main-

(1) M. Patin, livre cité, p. 210.

(2) Cette pièce n'est formellement citée nulle part comme un drame satyrique ; mais les éditeurs des fragments de Sophocle n'hésitent pas, d'après ce qui en reste, à lui attribuer ce caractère. On sait qu'elle renfermait une description de l'âge d'or, sujet très-familier à la comédie antique, et Ruhnkenius (*ad Timæi lexicon*, s. v. Ἀγείρειν) me paraît y rattacher avec beaucoup de vraisemblance le rôle d'Héra ou Junon, tel qu'il est signalé par Platon (dans le deuxième livre de la *République*) et par le scholiaste d'Aristophane (sur les *Grenouilles*, v. 1385). Pour les autres exemples, je puis renvoyer à l'excellente collection des Fragments des tragiques, par M. A. Nauck (Leipzig, 1856).

tenu. Ce serait imposer à l'histoire de l'art une régularité que contredisent bien des témoignages. De même qu'il y a des peintures et des statues de vrais satyres bien postérieures au type presque uniquement humain où s'étaient complu de grands artistes du siècle de Périclès et du siècle d'Alexandre, de même l'*Alceste* n'a pas marqué, peut-être pour Euripide lui-même, le point d'une perfection où le drame satyrique se confond presque avec la tragédie. L'imagination qui domine en reine dans les œuvres de l'art n'a jamais renoncé, tant que durèrent les belles années du monde grec, à des fictions, à des légendes populaires qui mêlaient tant de grâce et de charme à leur grossièreté primitive. On trouve des *satyrographes* de profession sous les Ptolémées; on en trouve jusque sous la domination romaine (1); et il le faut bien pour qu'Horace ait pu raisonnablement donner dans son *Art poétique* les règles de ce genre de drame. Une épigramme, un peu obscure et pourtant expressive, de Dioscoride, dans l'*Anthologie*, célèbre Dosithée comme le rénovateur des vieux satyres, des satyres doriens de Phlionte, véritables ancêtres du satyre attique; c'est l'un d'eux qui, placé sur le tombeau du poëte, s'adresse en ces termes aux passants :

« Et moi aussi, satyre bondissant, à la rouge barbe, je « garde le tombeau de Dosithée, comme un de mes frères « garde Sophocle. Car Dosithée aussi porta la couronne de « lierre en digne émule des satyres phliasiens : j'en prends « les chœurs à témoin. Formé que j'étais aux mœurs nou- « velles, c'est lui qui m'a rendu mes antiques allures et m'a « de nouveau lancé sur le rhythme sévère et mâle de sa « muse dorienne, m'entraînant par sa grande voix. J'aime « le battement du thyrse inculte d'autrefois, qu'agite la « pensée hardie de Dosithée (2). »

(1) Voyez, par exemple, le témoignage des inscriptions agonistiques reproduites dans Le Bas, *Voyage archéologique*, V^{e} partie, n° 93; dans le *Corpus inscript. græc.* de Bœckh, n. 1584, 1586.

(2) Anthologie Palatine, VII, 707. L'une des pièces auxquelles le

De tout ce regain de poésie après la grande moisson des maîtres il n'est rien ou presque rien parvenu jusqu'à nous, mais les connaisseurs en œuvres d'art savent que mainte statue, maint bas-relief, mainte peinture offrant des personnages et des scènes satyriques, continuent jusque sous l'empire les traditions de cet *archaïsme* illustré par le poëte alexandrin. L'art a des prédilections obstinées, et il a des libertés qu'il ne laisse pas prescrire. Les anciennes écoles grecques ont créé des types admirables pour toutes les variétés de ce qu'on peut appeler la nature satyrique. L'art des temps romains a continué cet élégant et ingénieux travail. Le moyen âge, qui nous sépare de tant d'habiles artistes, en a plutôt transformé la tradition qu'il ne l'a interrompue. Comme génie du mal et de la luxure, le satyre n'a jamais cessé d'occuper l'imagination populaire, et les artistes de l'Occident chrétien l'ont, le plus souvent sans le savoir, associé aux conceptions inspirées par la nouvelle théologie.

« Il y a un satyre en nous, » a dit un grand connaisseur de l'antiquité. Ce fonds de malice, qui est dans la nature humaine, avait produit dans le paganisme grec une famille de petits dieux populaires qui en étaient l'expression vivante. Il n'a pas complétement disparu sous l'austère simplicité du dogme chrétien. Satan, l'ange rebelle, cette grandiose personnification du mal, de l'orgueil, du vice et du crime en révolte contre Dieu, a eu sa cour de démons, en qui l'imagination chrétienne personnifie, elle aussi, tous les méchants instincts, toutes les mauvaises passions de notre âme; et ces génies du mal ont envahi la légende en vers comme en prose, la sculpture, la peinture; ils ont peuplé nos églises de représentations qui souvent rappellent les obscènes hardiesses de l'art hellénique, mais qui ne rachètent pas, comme en Grèce, la laideur morale des symboles par l'élégance du dessin. Est-ce là un simple effet d'inex-

poëte fait surtout allusion ici paraît être le *Lityerses*, dont un long fragment nous a été conservé.

périence chez l'artiste chrétien, ou bien sa conscience lui défendait-elle d'embellir l'image du mal et de le rendre par là moins repoussant? Délicate question que je n'ose pas résoudre. Toujours est-il qu'il n'imprime pas à cette image le caractère de beauté idéale qui excuse chez les Grecs tant de licence, et qui fait pour nous de leurs œuvres un éternel et toujours utile sujet d'imitation.

www.ingramcontent.com/pod-product-compliance
Ingram Content Group UK Ltd.
Pitfield, Milton Keynes, MK11 3LW, UK
UKHW020541180726
13839UKWH00006B/2650

9 782329 483023